Friedrich Karl Waechter

El lobo rojo

Friedrich Karl Waechter

*El lobo
rojo*

Lóguez

Para mi padre

Título del original alemán: *Der rote Wolf*
Traducido por L. Rodríguez López
© 1998 by Diogenes Verlag AG Zürich
© para el español: Lóguez Ediciones
Carretera de Madrid, nº 128 Apdo. 1. Tfno. (923) 13 85 41
37900 Santa Marta de Tormes (Salamanca) 2011
ISBN: 978-84-96646-71-1
Depósito Legal: S. 1.079-2011
Printed in Spain
Gráficas Varona, S.A. (Salamanca)

www. loguezediciones.es

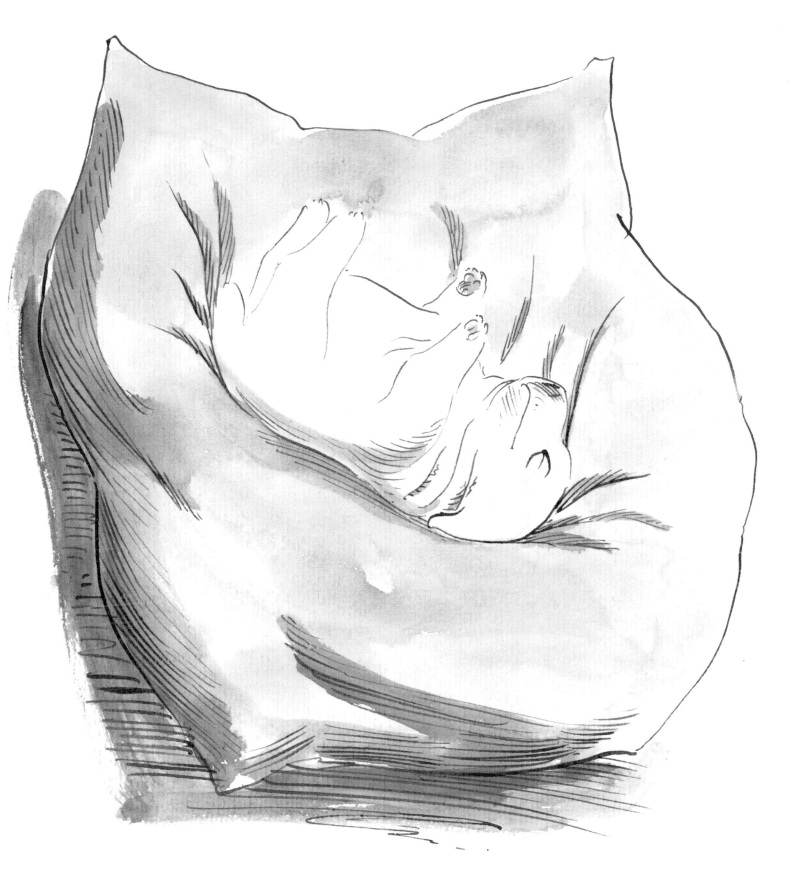

Cuando nací, olía a betún,
nueces, manzanas, asado de cerdo
y velas encendidas.

Un niño jugaba conmigo.
En la chimenea crepitaba la leña.

Llegaron dos mujeres que nos introdujeron en sendas bolsas

y nos subieron a un carruaje.
Olía a caballo y nieve.

Una de ellas, restallaba con el látigo.
En el cielo, las nubes pasaban veloces.

La otra olía a flores,
se durmió estirándose y
suspirando.

De pronto, del cálido traqueteo,
fui a parar al gélido invierno.

Nadie me oyó.
Me encontraba caído entre los helados surcos del carruaje.
Mis gemidos se fueron apagando.
Hasta que llegó alguien que me levantó,

llevándome en medio de la helada noche.

Me dejó con los lobos recién nacidos,
que estaban calentitos y olían bien.

Pronto hice todo lo que ellos hacían
y buscaba también ansioso los pezones de la loba.

Jugaba con mis nuevos hermanos,
me peleaba con ellos y, pronto, fui considerado el mayor, el más grande
y el más fuerte.

Pero los lobos crecieron
haciéndose gigantescos y fuertes.
Yo luchaba desesperado por mi sitio.

Luchaba con astucia y rapidez
bajo la orgullosa mirada de la loba.

Así me convertí en un lobo respetado por toda la manada.

El pequeño niño,
la mujer del látigo restallante
y la perfumada durmiente
rodaban hacia el oeste.

Detrás, caminaban cojeando grises soldados.

Les seguían otros vestidos de verde.
Perseguían el pálido sol de invierno hacia el oeste.
Todos se dirigían hacia el oeste.

Nosotros nos desplazamos también hacia el oeste, al encuentro del sol,

hacia las interminables praderas y bosques.

Allí aprendí a cazar,
a cantar a la luna después de un festín sangriento,

a soportar las tempestades, el hambre y el frío,
a aproximarme sigilosamente a peces y alces,
en contra del viento.

Así fui olvidando a los hombres,

hasta que la loba, a la que quería, pisó un hierro.

No pude salvar su vida.
Solamente arrastrarla hasta el barranco,
en cuyo fondo descansa el padre de todos los lobos
y muchos de sus descendientes.

Pero los cazadores siguieron las huellas.

Dispararon.

La loba escapó volando de sus balas.

Yo no.

Me quedé tendido al borde del barranco,
vi oscurecer al sol.
No lo habría vuelto a ver dorado

si no hubiera sido por Olga.

Ella convenció a su tío, que también formaba parte de los cazadores, para que me operara.

Extrajo tres balas de mi columna vertebral.

Olga me envolvió en blancos paños,
me dio de comer, me dio de beber.
Los dolores fueron cediendo.

Pronto pude pasear cojeando con Olga por la pequeña ciudad.

Comprendí que ya nunca perseguiría
a los ciervos con mis hermanos y hermanas.

Olga conocía el barranco
en el que descansaba el padre de todos los lobos.
Me prometió dejarme volar hacia él
cuando ya no pudiera caminar.

Era bueno saberlo.

Yo amaba mi nueva vida.

El texto del cartel está en ruso. Dice:
¡Cuidado! ¡Este perro vivió
con lobos durante años!

Yo amaba a Olga.

Juntos, hacíamos emocionantes excursiones.
Sin embargo, cada día me costaba más caminar.

Olga me ayudó a escribir a máquina
mi historia. La tituló El Lobo Rojo .
"Se convertirá en un libro", dijo.
"Tú habrás volado hace tiempo hacia el padre de todos los lobos y
seguirán existiendo niños que leerán y amarán tu libro".
"¿Lo crees de verdad?", pregunté a Olga.

Y Olga contestó:
"Sí, Lobo Rojo. Verdaderamente, así lo creo".

Entonces volé hacia el padre
de todos los lobos.

Toda mi vida pasó de nuevo delante de mí,

y yo me alegré

de mi larga,

maravillosa

y rica vida.

Friedrich Karl Waechter

Friedrich Karl Waechter nació en Danzig en 1937. Se formó como dibujante en Hamburgo y colaboró, hasta 1962, en revistas tan importantes en Alemania como *Pardon*, *Konkret* y *Twen*. Su famoso *Anti-Struwwelpeter*, como alternativa del *Struwwelpeter* de Heinrich Hoffmann, de mediados del siglo XIX, se publicó en 1970.

A partir de 1970 realizó también películas y obras de teatro para niños. Le resultaba algo extraña la frecuente pregunta "¿Esto es para niños o adultos?". Y su definitiva respuesta fue: "Yo dibujo y escribo para todos los que tuvieron cinco años, todavía conservan recuerdos de esos años y les gustaría llegar a los noventa y nueve".

GOBIERNO DE ESPAÑA   MINISTERIO DE CULTURA

Esta obra ha sido publicada con una subvención de la Dirección General del Libro, Archivos y Bibliotecas del Ministerio de Cultura, para su préstamo público en Bibliotecas Públicas, de acuerdo con lo previsto en el artículo 37.2 de la Ley de Propiedad Intelectual.